월 드 클 래 식　　　포 엠 라 이 팅 북

필사의 힘

김소월의 【진달래꽃】 따라쓰기

20___ 년 ___ 월 _____ 필사하다

월드클래식 포엠라이팅북

필사의 힘

김소월의 【진달래꽃】 따라쓰기

Kim So Wol

미르북
컴퍼니

"오늘도 일곱 자루의 연필을 해치웠다.
필사 하십시다, 지금 당장!"

어니스트 헤밍웨이

필사는 "손가락 끝으로
고추장을 찍어 먹어 보는 맛!"

시인 안도현

김소월처럼 《진달래꽃》을 따라쓰며
슬픔과 한(恨)을 극복하는 희망의 시간이 되기를

우리는 삶이 버겁고 어렵다는 이야기를 하곤 합니다. 지나친 욕심과 물
질만능주의, 숨 가쁜 경쟁과 수많은 거짓은 우리 모두를 지치게 만들곤
합니다.
우리에게는 '치유와 휴식' 그리고 무엇보다도 '용기와 희망'이 무척 절
실합니다.

여기, 어느 시인의 작품집이 있습니다. 이 시인은 어두운 시대를 살면서
도 민족의 한(恨)과 슬픔을 노래하며 사람들의 마음을 달래는 시를 썼
습니다. 33세의 젊은 나이에 자살로 생을 마감했지만 짧은 문단 생활
5, 6년 동안 무려 154편의 시를 남겼습니다. 한 평론가는 '1920년대에
천재라 불릴 수 있는 거의 유일한 시인'이라고 평하기도 했습니다.

호소력 짙은 여성적 목소리로 슬픔을 극대화한 대표적인 민족시인, 그의 이름은 김소월입니다. 수많은 작가의 이별시에도 불구하고 그의 시는 민족의 한과 슬픔, 시대의 아픔을 노래한 대표 시로 손꼽히며 현재까지 사람들의 심금을 울리고 있습니다.

그럼 이제 연필이나 펜을 손에 쥐어 볼까요.
누구나 김소월이 된 것처럼 그의 마음을 헤아리며 써 내려가다 보면 가슴이 먹먹해질 것입니다.
책 한 권을 다 쓰고 나면 우리가 얼마나 아름답고 강인한 존재인지, 어떤 마음으로 내 앞의 생을 대해야 하는지 깨닫게 될 것입니다.

삶은 어렵습니다. 고통스럽고 외롭기도 합니다. 그러나 우리는 살아야만 하는 분명한 이유가 있습니다. 후에 반드시 눈부신 빛을 만나게 될 테니까요.

손으로 기억하고 싶은, 김소월처럼【진달래꽃】따라쓰기를 통해 당신 안의 빛과 같은 감성과 열정, 긍지와 희망을 일깨우게 되시기 바랍니다.

이렇게 따라써 보세요

눈으로 읽고 손으로 한 글자 한 글자 또박또박 써 내려 갑니다. 문장을 천천히 음미하면서 읽어 보세요. 그리 고 자신이 김소월이 되었다고 생각하고 천천히 따라 써 보세요. 《진달래꽃》을 따라쓰기 하면 어두운 시대 와 슬픈 삶 속에서도 희망을 잃지 않았던 시인의 마음 이 헤아려집니다. 지금 바로 펜을 들어 써 보세요. 필 사의 힘을 온몸으로 느끼실 수 있습니다. 따라쓰다가 무척 마음에 드는 문구가 나오면 밑줄을 그어도 좋습 니다. 지금 바로 한 페이지를 채워 볼까요?

진달래꽃

나 보기가 역겨워
가실 때에는
말없이 고이 보내 드리오리다.

영변에 약산
진달래꽃,
아름 따다 가실 길에 뿌리오리다.

가시는 걸음걸음
놓인 그 꽃을
사뿐히 즈려 밟고 가시옵소서.

나 보기가 역겨워
가실 때에는
죽어도 아니 눈물 흘리오리다.

진달래꽃

나 보기가 역겨워
가실 때에는
말없이 고이 보내 드리오리다.

영변에 약산
진달래꽃,
아름 따다 가실 길에 뿌리오리다.

가시는 걸음걸음
놓인 그 꽃을
사뿐히 즈려 밟고 가시옵소서.

나 보기가 역겨워
가실 때에는
죽어도 아니 눈물 흘리오리다.

개아미

진달래꽃이 피고
바람은 버들가지에서 울 때,
개아미는
허리 가늣한 개아미는
봄날의 한나절, 오늘 하루도
고달피 부지런히 집을 지어라.

개아미

진달래꽃이 피고
바람은 버들가지에서 울 때,
개아미는
허리 가늣한 개아미는
봄날의 한나절, 오늘 하루도
고달피 부지런히 집을 지어라.

Q 따라쓰기를 하면 글쓰기 능력이 향상되나요?

A 네. 그렇습니다. 전반적으로 글쓰기 능력이 향상됩니다. 따라쓰기를 미술에 비유하자면 마치 화가 지망생이 명화를 따라 그리는 것과 같다고 생각하시면 됩니다.

뛰어난 문학 작품을 처음부터 끝까지 따라쓰게 되면 글쓴이가 사용한 어휘, 문장 부호, 문체 그리고 이것들이 모여 이루어진 문장을 자연스레 익히게 됩니다. 그러므로 글쓰기에 대한 자신감은 물론이고 전체적인 내용을 구성하는 능력까지 키울 수 있게 됩니다.

Q 작품 전체를 따라쓰는 것과 일부를 따라쓰는 것 중 어떤 것이 더 효과적인가요?

A 마찬가지로 미술에 비유해 보겠습니다. 요하네스 베르메르의 명화 〈진주 귀걸이를 한 소녀〉를 좋아하는 화가 지망생이 그림 전체가 아닌 그림 일부분만을 따라 그렸다고 상상해 보십시오. 이 그림이 수백 년 동안 사랑받고 있는 이유는 소녀의 눈망울이 몹시 매혹적이기 때문입니다. 하지만 그림 전체가 아니라 소녀의 눈만 그린다면 눈 아래의 오뚝한 코와 부드럽게 빛나는 붉은 입술은 볼 수 없을 테고 당연히 그림에서 깊은 감흥을 느낄 수 없습니다.

따라쓰기도 마찬가지입니다. 소설 전체를 따라써야 문장의 장단점을 파악해 장점을 극대화하고 단점을 걸어 낼 수 있습니다. 특정 단락의 문장이 뛰어나다고 해도 그것은 어디까지나 완성된 한 편의 작품 속에서 다른 단락들과 조화를 이루어야 더욱 빛나는 것입니다.

Q 필사를 할 때 시를 선택해서 쓰려면 어떻게 하나요?

A 단순히 베껴쓰지 말고 시의 전체적인 맥락에 집중해서 필사를 하시는 게 좋습니다. 예를 들어 시 속의 특별한 구절이 있다고 하면 그 구절 뿐만 아니라 그것을 받쳐주는 앞뒤 맥락을 봐야 합니다. 또한 시의 문맥에 유의해서 단락을 나눠보며 천천히 읽고 쓰는 것도 좋은 방법입니다.

Q 어떤 분이 이르기를 따라쓰기는 자신의 색깔을 잃을 수 있으니 지양해야 한다고 하는데 이 부분에 대해서 조언을 듣고 싶습니다.

A 뛰어난 문장가들의 문장을 따라쓰다 보면 비슷한 유형의 문장을 자신의 글을 쓸 때에도 쓰게 되는 경우가 생길 수 있습니다. 하지만 그것은 짧은 시기에 불과할 뿐이고 끊임없이 글쓰기 연습과 독서를 병행하면 자신만의 색깔을 찾을 수 있습니다.

Q 따라쓰기를 하면 정말 마음이 가라앉고 힐링이 되나요?

A 컬러링북에 색깔을 채워 나가다 보면 마음이 고요해지고 그것에 더욱 몰입할 수 있게 됩니다. 따라쓰기도 마찬가지입니다. 다만 한 가지 더 좋은 점이 있다면 글쓰기 능력도 향상된다는 것입니다.

Q 한국 작품이 아니라 외국 작품의 번역물을 선택해도 상관없는 건가요?

A 우리가 외국 작품을 읽을 때 번역본을 읽는 것처럼, 따라쓰기도 원문을 따라쓰기 어렵다면 번역본을 따라쓰는 것도 훌륭한 방법입니다. 다만 여러 개의 번역본을 비교해 보고, 쉽게 읽히거나 문체가 마음에 드는 번역본을 선택하는 것이 좋습니다.

님에게

먼 후일

먼 훗날 당신이 찾으시면
그때에 내 말이 '잊었노라.'

당신이 속으로 나무라면
'무척 그리다가 잊었노라.'

그래도 당신이 나무라면
'믿기지 않아서 잊었노라.'

오늘도 어제도 아니 잊고
먼 훗날 그때에 '잊었노라.'

풀따기

우리 집 뒷산에는 풀이 푸르고
숲 사이의 시냇물, 모래 바닥은
파아란 풀 그림자, 떠서 흘러요.

그리운 우리 님은 어디 계신고.
날마다 피어나는 우리 님 생각.
날마다 뒷산에 홀로 앉아서
날마다 풀을 따서 물에 던져요.

흘러가는 시내의 물에 흘러서
내어던진 풀잎은 옅게 떠갈 제
물살이 헤적헤적 품을 헤쳐요.

그리운 우리 님은 어디 계신고.
가엾은 이내 속을 둘 곳 없어서
날마다 풀을 따서 물에 던지고
흘러가는 잎이나 맘해 보아요.

바다

뛰노는 흰 물결이 일고 또 잦는
붉은 풀이 자라는 바다는 어디

고기잡이꾼들이 배 위에 앉아
사랑 노래 부르는 바다는 어디

파랗게 종이 물든 남빛 하늘에
저녁놀 스러지는 바다는 어디

곳 없이 떠다니는 늙은 물새가
떼를 지어 좇니는 바다는 어디

건너서서 저편은 딴 나라이라
가고 싶은 그리운 바다는 어디

산 위에

산 위에 올라서서 바라다보면
가로막힌 바다를 마주 건너서
님 계시는 마을이 내 눈 앞으로
꿈 하늘 하늘같이 떠오릅니다

흰 모래 모래 빗긴 선창가에는
한가한 뱃노래가 멀리 잦으며
날 저물고 안개는 깊이 덮어서
흩어지는 물꽃뿐 아득합니다

이윽고 밤 어둡는 물새가 울면
물결조차 하나둘 배는 떠나서
저 멀리 한 바다로 아주 바다로
마치 가랑잎같이 떠나갑니다

나는 혼자 산에서 밤을 새우고
아침 해 붉은 볕에 몸을 씻으며
귀 기울고 솔곳이 엿듣노라면
님 계신 창 아래로 가는 물노래

흔들어 깨우치는 물노래에는
내 님이 놀라 일어 찾으신대도
내 몸은 산 위에서 그 산 위에서
고이 깊이 잠들어 다 모릅니다

옛이야기

고요하고 어두운 밤이 오면은
어스레한 등불에 밤이 오면은
외로움에 아픔에 다만 혼자서
하염없는 눈물에 저는 웁니다.

제 한 몸도 예전엔 눈물 모르고
조그마한 세상을 보냈습니다.
그때는 지난날의 옛이야기도
아무 설움 모르고 외웠습니다.

그런데 우리 님이 가신 뒤에는
아주 저를 버리고 가신 뒤에는
전날에 제게 있던 모든 것들이
가지가지 없어지고 말았습니다.

그러나 그 한때에 외워두었던
옛이야기뿐만은 남았습니다.
나날이 짙어가는 옛이야기는
부질없이 제 몸을 울려줍니다.

님의 노래

그리운 우리 님의 맑은 노래는
언제나 제 가슴에 젖어 있어요.

긴 날을 문 밖에서 서서 들어도
그리운 우리 님의 고운 노래는
해지고 저물도록 귀에 들려요.
밤들고 잠들도록 귀에 들려요.

고이도 흔들리는 노랫가락에
내 잠은 그만이나 깊이 들어요.
고적한 잠자리에 홀로 누워도
내 잠은 포스근히 깊이 들어요.

그러나 자다 깨면 님의 노래는
하나도 남김없이 잃어버려요.
들으면 듣는 대로 님의 노래는
하나도 남김없이 잊고 말아요.

실제 (失題)

동무들 보십시오. 해가 집니다.
해지고 오늘날은 가노랍니다.
윗옷을 잽시 빨리 입으십시오.
우리도 산마루로 올라갑시다.

동무들 보십시오. 해가 집니다.
세상의 모든 것은 빛이 납니다.
이제는 주춤주춤 어둡습니다.
예서 더 저문 때를 밤이랍니다.

동무들 보십시오. 밤이 옵니다.
박쥐가 발부리에 일어납니다.
두 눈을 인제 그만 감으십시오.
우리도 골짜기로 내려갑시다.

님의 말씀

세월이 물과 같이 흐른 두 달은
길어둔 독엣물도 찌었지마는
가면서 함께 가자 하던 말씀은
살아서 살을 맞는 표적이외다.

봄풀은 봄이 되면 돋아나지만
나무는 밑그루를 꺾은 셈이요.
새라면 두 죽지가 상한 셈이라.
내 몸에 꽃필 날은 다시 없구나.

밤마다 닭소리라 날이 첫 시(時)면
당신의 넋맞이로 나가볼 때요.
그믐에 지는 달이 산에 걸리면
당신의 길신가리 차릴 때외다.

세월은 물과 같이 흘러가지만

가면서 함께 가자 하던 말씀은

당신을 아주 잊던 말씀이지만

죽기 전 또 못 잊을 말씀이외다.

님에게

한때는 많은 날을 당신 생각에
밤까지 새운 일도 없지 않지만
아직도 때마다는 당신 생각에
축업는 베갯가의 꿈은 있지만.

낯모를 딴 세상의 네길거리에
애달피 날 저무는 갓 스물이요,
캄캄한 어두운 밤 들에 헤매도
당신은 잊어버린 설움이외다.

당신을 생각하면 지금이라도
비 오는 모래밭에 오는 눈물의
축업는 베갯가의 꿈은 있지만
당신은 잊어버린 설움이외다.

마른 강 두덕에서

서리 맞은 잎들만 쌓일지라도
그 밑에야 강물의 자취 아니랴.
잎새 위에 밤마다 우는 달빛이
흘러가는 강물의 자취 아니랴.

빨래소리 풀소리 선녀의 노래
물 스치던 돌 위엔 물때뿐이라.
물때 묻은 조약돌 마른 갈숲이
이제라고 강물의 터야 아니랴.

빨래소리 물소리 선녀의 노래
물 스치던 돌 위엔 물때뿐이라.

봄밤

봄밤

실버드나무의 거무스레한 머릿결인 낡은 가지에
제비의 넓은 깃나래의 감색 치마에
술집의 창 옆에, 보아라, 봄이 앉았지 않는가.

소리도 없이 바람은 불며, 울며 한숨지어라.
아무런 줄도 없이 섧고 그리운 새카만 봄밤
보드라운 습기는 떠돌며 땅을 덮어라.

밤

홀로 잠들기가 참말 외로와요
밤에도 사무치도록 그리워와요
이리도 무던히
아주 얼굴조차 잊힐 듯해요.

벌써 해가 지고 어두운데요,
이곳은 인천에 제물포, 이름난 곳,
부슬부슬 오는 비에 밤이 더디고
바닷바람이 춥기만 합니다.

다만 고요히 누워 들으면
다만 고요히 누워 들으면
하얗게 밀어드는 봄 밀물이
눈앞을 가로막고 흐느낄 뿐이야요.

꿈으로 오는 한 사람

나이 차지면서 가지게 되었노라.
숨어 있던 한 사람이, 언제나 나의,
다시 깊은 잠 속의 꿈으로 와라.
불그레한 얼굴에 가느다란 손가락의,
모르는 듯한 거동도 전날의 모양대로
그는 야젓이 나의 팔 위에 누워라.
그러나 그래도 그러나!
말할 아무것이 다시 없는가!
그냥 먹먹할 뿐, 그대로
그는 일어라. 닭의 홰치는 소리.
깨어서도 늘, 길거리에 사람을
밝은 대낮에 빗보고는 하노라

꿈꾼 그 옛날

밖에는 눈, 눈이 와라.

고요히 창 아래로는 달빛이 들어라.

어스름 타고서 오신 그 여자는

내 꿈의 품속으로 들어와 안겨라.

나의 베개는 눈물로 함빡히 젖었어라.

그만 그 여자는 가고 말았느냐.

다만 고요한 새벽, 별 그림자 하나가

창틈을 엿보아라.

두 사람

눈 오는 저녁

바람 자는 이 저녁
흰 눈은 퍼붓는데
무엇하고 계시노.
같은 저녁 금년은……

꿈이라도 꾸면은!
잠들면 만날런가.
잊었던 그 사람은
흰 눈 타고 오시네.

저녁때. 흰 눈은 퍼부어라.

자주(紫朱) 구름

물 고운 자주 구름,
하늘은 개어오네.
밤중에 몰래 온 눈
솔숲에 꽃피었네.

아침볕 빛나는데
알알이 뛰노는 눈
밤새에 지난 일은……
다 잊고 바라보네.

움직거리는 자주 구름.

두 사람

흰 눈은 한 잎

또 한 잎

영(嶺) 기슭을 덮을 때.

짚신에 감발하고 길짐 메고

우뚝 일어나면서 돌아서도……

다시금 또 보이는,

다시금 또 보이는.

못 잊어

못 잊어 생각이 나겠지요.
그런대로 한세상 지내시구려,
사노라면 잊힐 날 있으리다.

못 잊어 생각이 나겠지요.
그런대로 세월만 가라시구려,
못 잊어도 더러는 잊히오리다.

그러나 또 한긋 이렇지요.
'그리워 살뜰히 못 잊는데,
어쩌면 생각이 떠지나요?'

닭소리

그대만 없게 되면
가슴 뛰노는 닭소리 늘 들어라.

밤은 아주 새어올 때
잠은 아주 달아날 때

꿈은 이루기 어려워라.

저리고 아픔이여
살기가 왜 이리 고달프냐.

새벽 그림자 산란한 들풀 위를
혼자서 거닐어라.

예전엔 미처 몰랐어요

봄가을 없이 밤마다 돋는 달도
'예전엔 미처 몰랐어요.'

이렇게 사무치게 그리울 줄도
'예전엔 미처 몰랐어요.'

달이 암만 밝아도 쳐다볼 줄을
'예전엔 미처 몰랐어요.'

이제금 저 달이 설움인 줄은
'예전엔 미처 몰랐어요.'

자나 깨나 앉으나 서나

자나 깨나 앉으나 서나
그림자 같은 벗 하나이 내게 있었습니다.

그러나, 우리는 얼마나 많은 세월을
쓸데없는 괴로움으로만 보내었겠습니까!

오늘은 또다시, 당신의 가슴속 속 모를 곳을
울면서 나는 휘저어버리고 떠납니다그려.

허수한 맘 둘 곳 없는 심사에 쓰라린 가슴은
그것이 사랑, 사랑이던 줄이 아니도 잊힙니다.

해가 산마루에 저물어도

해가 산마루에 저물어도
내게 두고는 당신 때문에 저뭅니다.

해가 산마루에 올라와도
내게 두고는 당신 때문에 밝은 아침이라고 할 것입니다.

땅이 꺼져도 하늘이 무너져도
내게 두고는 끝까지 모두 다 당신 때문에 있습니다.

다시는, 나의 이러한 맘뿐은, 때가 되면,
그림자같이 당신에게로 가오리다.

오오, 나의 애인이었던 당신이여.

무주공산
(無主空山)

꿈

닭 개 짐승조차도 꿈이 있다고
이르는 말이야 있지 않은가,
그러하다, 봄날은 꿈꿀 때.
내 몸에야 꿈이나 있으랴,
아아, 내 세상의 끝이여,
나는 꿈이 그리워, 꿈이 그리워.

맘 켕기는 날

오실 날
아니 오시는 사람!
오시는 것 같게도
맘 켕기는 날!
어느덧 해도 지고 날이 저무네!

하늘 끝

불현듯
집을 나서 산을 치달아
바다를 내다보는 나의 신세여!
배는 떠나 하늘로 끝을 가누나!

개아미

진달래꽃이 피고
바람은 버들가지에서 울 때,
개아미는
허리 가늣한 개아미는
봄날의 한나절, 오늘 하루도
고달피 부지런히 집을 지어라.

제비

하늘로 날아다니는 제비의 몸으로도
일정한 깃을 두고 돌아오거든!
어찌 섧지 않으랴, 집도 없는 몸이야!

부엉새

간밤에

뒤창 밖에

부엉새가 와서 울더니,

하루를 바다 위에 구름이 캄캄.

오늘도 해 못 보고 날이 저무네.

만리성(萬里城)

밤마다 밤마다

온 하룻밤!

쌓았다 헐었다

긴 만리성!

수아(樹芽)

섭다 해도

웬만한,

봄이 아니어,

나무도 가지마다 눈을 텄어라!

한때 한때

담배

나의 긴 한숨을 동무하는
못 잊게 생각나는 나의 담배!
내력을 잊어버린 옛 시절에
낳다가 새 없이 몸이 가신
아씨님 무덤 위의 풀이라고
말하는 사람도 보았어라.
어물어물 눈앞에 스러지는 검은 연기,
다만 타붙고 없어지는 불꽃.
아 나의 괴로운 이 맘이여.
나의 하염없이 쓸쓸한 많은 날은
너와 한가지로 지나가라.

실제(失題)

이 가람과 저 가람이 모두 처흘러
그 무엇을 뜻하는고?

미더움을 모르는 당신의 맘

죽은 듯이 어두운 깊은 골의
꺼림칙한 괴로운 몹쓸 꿈의
퍼르죽죽한 불길은 흐르지만
더듬기에 지치운 두 손길은
불어가는 바람에 식히셔요.
밝고 호젓한 보름달이
새벽의 흔들리는 물노래로
수줍음에 추움에 숨을 듯이
떨고 있는 물 밑은 여기외다.

미더움을 모르는 당신의 맘

저 산과 이 산이 마주 서서
그 무엇을 뜻하는고?

어버이

잘 살며 못 살며 할 일이 아니라
죽지 못해 산다는 말이 있나니,
바이 죽지 못할 것도 아니지마는
금년에 열네 살, 아들딸이 있어서
순복이 아버님은 못 하노란다.

부모

낙엽이 우수수 떨어질 때,
겨울에 기나긴 밤,
어머님하고 둘이 앉아
옛이야기 들어라.

나는 어쩌면 생겨나와
이 이야기 듣는가?
묻지도 말아라, 내일 날에
네가 부모 되어서 알아보랴?

후살이

홀로 된 그 여자

근일(近日)에 와서는 후살이 간다 하여라.

그렇지 않으랴, 그 사람 떠나서

제이! 십 년, 저 혼자 더 살은 오늘날에 와서야……

모두 다 그럴듯한 사람 사는 일레요.

잊었던 맘

집을 떠나 먼 저곳에
외로이도 다니던 내 심사를!
바람 불어 봄꽃이 필 때에는,
어찌타 그대는 또 왔는가.
저도 잊고 나니 저 모르던 그대
어찌하여 옛날의 꿈조차 함께 오는가.
쓸데도 없이 서럽게만 오고가는 맘.

비단 안개

눈들이 비단 안개에 둘리울 때,
그때는 차마 잊지 못할 때러라.
만나서 울던 때도 그런 날이오.
그리워 미친 날도 그런 때러라.

눈들이 비단 안개에 둘리울 때,
그때는 홀목숨은 못살 때러라.
눈 풀리는 가지에 당치맛귀로
젊은 계집 목매고 달릴 때러라.

눈들이 비단 안개에 둘리울 때,
그때는 종달새 솟을 때러라.
들에랴, 바다에랴, 하늘에서랴,
아지 못할 무엇에 취할 때러라.

눈들이 비단 안개에 둘리울 때,
그때는 차마 잊지 못할 때러라.
첫사랑 있던 때도 그런 날이오,
영이별 있던 날도 그런 때러라.

기억

달 아래 시멋없이 섰던 그 여자,
서 있던 그 여자의 해쓱한 얼굴,
해쓱한 그 얼굴 적이 파릇함.
다시금 실 뻗듯한 가지 아래서
시커먼 머릿결은 번쩍거리며.
다시금 하룻밤의 식는 강물을
평양의 긴단장을 싣고 가던 때.
오오, 그 시멋없이 섰던 여자여!

그립다 그 한밤을 내게 가깝던
그대여 꿈이 깊던 그 한동안을
슬픔에 귀여움에 다시 사랑의
눈물에 우리 몸이 맡기었던 때.
다시금 고즈넉한 성 밖 골목의
사월의 늦어가는 뜬눈의 밤을
한두 개 등불 빛은 울어 새던 때.
오오, 그 시멋없이 섰던 여자여!

애모

왜 아니 오시나요.
영창에는 달빛, 매화꽃이
그림자는 산란히 휘젓는데
아이. 눈 꽉 감고 요대로 잠을 들자.

저 멀리 들리는 것!
봄철의 밀물 소리
물나라의 영롱한 구중궁궐, 궁궐의 오요한 곳,
잠 못 드는 용녀의 춤과 노래, 봄철의 밀물 소리

어두운 가슴속의 구석구석……
환연한 거울 속에, 봄 구름 잠긴 곳에,
소솔비 내리며, 달무리 둘려라.
이대도록 왜 아니 오시나요. 왜 아니 오시나요.

몹쓸 꿈

봄 새벽의 몹쓸 꿈
깨고 나면!
우짖는 까막까치, 놀라는 소리,
너희들은 눈에 무엇이 보이느냐?

봄철의 좋은 새벽, 풀 이슬 맺혔어라.
볼지어다, 세월은 도무지 편안한데,
두새없는 저 까마귀, 새들게 우짖는 저 까치야.
나의 흉한 꿈 보이느냐?

고요히 또 봄바람은 봄의 빈 들을 지나가며,
이윽고 동산에서는 꽃잎들이 흩어질 때,
말 들어라, 애틋한 이 여자야, 사랑의 때문에는
모두 다 사나운 조짐인듯, 가슴을 뒤노아라.

봄비

어룰 없이 지는 꽃은 가는 봄인데

어룰 없이 오는 비에 봄은 울어라.

서럽다 이 나의 가슴속에는!

보라, 높은 구름 나무의 푸릇한 가지.

그러나 해 늦으니 어스름인가.

애달피 고운 비는 그어오지만

내 몸은 꽃자리에 주저앉아 우노라.

그를 꿈꾼 밤

야밤중, 불빛이 발갛게
어렴풋이 보여라.

들리는 듯, 마는 듯,
발자국 소리
스러져가는 발자국 소리.

아무리 혼자 누워 몸을 뒤채도
잃어버린 잠은 다시 안 와라.

야밤중, 불빛이 발갛게
어렴풋이 보여라.

여자의 냄새

푸른 구름의 옷 입은 달의 냄새.

붉은 구름의 옷 입은 해의 냄새.

아니, 땀 냄새, 때 묻은 냄새,

비에 맞아 축업는 살과 옷 냄새.

푸른 바다…… 어즐이는 배……

보드라운 그리운 어떤 목숨의

조그마한 푸릇한 그무러진 영(靈)

어우러져 비끼는 살의 아우성……

다시는 장사(葬事) 지나간 숲속의 냄새.

유령 실은 널뛰는 뱃간의 냄새.

생고기의 바다의 냄새.

늦은 봄의 하늘을 떠도는 냄새.

모래 둔덕 바람은 그물 안개를 불고

먼 거리의 불빛은 달 저녁을 울어라.

냄새 많은 그 몸이 좋습니다.

냄새 많은 그 몸이 좋습니다.

분얼굴

불빛에 떠오르는 새뽀얀 얼굴,
그 얼굴이 보내는 호젓한 냄새,
오고가는 입술의 주고받는 잔,
가느스름한 손길은 아른대여라.

거무스레하면서도 불그스레한
어렴풋하면서도 다시 분명한
줄 그늘 위에 그대의 목소리,
달빛이 수풀 위를 떠 흐르는가.

그대하고 나하고 또는 그 계집
밤에 노는 세 사람, 밤의 세 사람,
다시금 술잔 위의 긴 봄밤은
소리도 없이 창밖으로 새여 빠져라.

서울 밤

붉은 전등.

푸른 전등.

널따란 거리면 푸른 전등.

막다른 골목이면 붉은 전등.

전등은 반짝입니다.

전등은 그물입니다.

전등은 또다시 어스렷합니다.

전등은 죽은 듯한 긴 밤을 지킵니다.

나의 가슴의 속모를 곳의

어둡고 밝은 그 속에서도

붉은 전등이 흐느껴 웁니다.

푸른 전등이 흐느껴 웁니다.

붉은 전등.

푸른 전등.

머나먼 밤하늘은 새캄합니다.

머나먼 밤하늘은 새캄합니다.

서울 거리가 좋다고 해요.

서울 밤이 좋다고 해요.

붉은 전등.

푸른 전등.

나의 가슴의 속 모를 곳의

푸른 전등은 고적합니다.

붉은 전등은 고적합니다.

아내 몸

들고나는 밀물에
배 떠나간 자리야 있으랴.
어진 아내인 남의 몸인 그대요,
'아주, 엄마 엄마라고 불리우기 전에.'

굴뚝이기에 연기가 나고
돌 바위 아니기에 좀이 들어라.
젊으나 젊으신 청하늘인 그대요,
'착한 일 하신 분네는 천당 가옵시리라.'

반달

가을 아침에

아득한 퍼스렷한 하늘 아래서
회색의 지붕들은 번쩍거리며,
성깃한 섭나무의 드문 수풀들을
바람은 오다가다 울며 만날 때
보일락 말락 하는 멧골에서는
안개가 어스러히 흘러 쌓여라.

아아, 이는 찬비 온 새벽이러라.
냇물도 잎새 아래 얼어붙누나.
눈물에 쌓여오는 모든 기억은
피 흘린 상처조차 아직 새로운
가주난 아기같이 울며 서두는
내 영을 에워싸고 속살거려라.

'그대의 가슴속이 가볍던 날
그리운 그 한때는 언제였었노!'
아아, 어루만지는 고운 그 소리
쓰라린 가슴속에서 속살거리는
마음도 부끄럼도 잊은 소리에
끝없이 하염없이 나는 울어라.

가을 저녁에

물은 희고 길구나, 하늘보다도.

구름은 붉구나, 해보다도.

서럽다, 높아가는 긴 들 끝에

나는 떠돌며 울며 생각한다, 그대를.

그늘 깊어 오르는 발 앞으로

끝없이 나아가는 길은 앞으로.

키 높은 나무 아래로, 물마을은

성긋한 가지가지 새로 떠오른다.

그 누가 온다고 한 언약도 없건마는!

기다려볼 사람도 없건마는!

나는 오히려 못물가를 싸고 떠돈다.

그 못물로는 놀이 잦을 때.

반달

희멀끔하여 떠돈다, 하늘 위에.
빛 죽은 반달이 언제 올랐나!
바람은 나온다, 저녁은 춥구나.
흰 물가엔 뚜렷이 해가 드누나.

어두컴컴한 풀 없는 들은
찬 안개 위로 떠 흐른다.
아, 겨울은 깊었다. 내 몸에는,
가슴이 무너져 내려앉는 이 설움아!

가는 님은 가슴에 사랑까지 없애고 가고
젊음은 늙음으로 바뀌어든다.
들가시나무의 밤드는 검은 가지
잎새들만 저녁 빛에 희끄무레 꽃 지듯 한다.

귀뚜라미

만나려는 심사

저녁 해는 지고서 어스름의 길,
저 먼 산엔 어두워 잃어진 구름,
만나려는 심사는 웬셈일까요,
그 사람이야 올 길 바이없는데
발길은 누 마중을 가잔 말이냐.
하늘엔 달 오르며 우는 기러기

옛낯

생각의 끝에는 졸음이 오고
그리움의 끝에는 잊음이 오나니,
그대여 말을 말어라, 이후부터,
우리는 옛낯 없는 설움을 모르리.

깊이 믿던 심성(心誠)

깊이 믿던 심성이 황량한 내 가슴속에,

오고가는 두서너 구우(舊友)를 보면서 하는 말이

'이제는, 당신네들도 다 쓸데없구려!'

꿈

꿈? 영(靈)의 해적임. 설움의 고향,

울자, 내 사랑, 꽃 지고 저무는 봄.

님과 벗

벗은 설움에서 반갑고

님은 사랑에서 좋아라.

딸기 꽃 피어서 향기로운 때를

고초(苦草)의 붉은 열매 익어가는 밤을

그대여, 부르라, 나는 마시리.

지 연 (紙鳶)

오후의 네길거리 해가 들었다,

시정(市井)의 첫겨울의 적막함이여,

우둑히 문어귀에 혼자 섰으면,

흰 눈의 잎사귀, 지연이 뜬다.

오시는 눈

땅 위에 새하얗게 오시는 눈.
기다리는 날에는 오시는 눈.
오늘도 저 안 온 날 오시는 눈.
저녁불 켤 때마다 오시는 눈.

설움의 덩이

꿇어앉아 올리는 향로의 향불.

내 가슴에 조그만 설움의 덩이.

초닷새 달 그늘에 빗물이 운다.

내 가슴에 조그만 설움의 덩이.

낙천(樂天)

살기에 이러한 세상이라고
맘을 그렇게나 먹어야지,
살기에 이러한 세상이라고,
꽃 지고 잎 진 가지에 바람이 운다.

바람과 봄

봄에 부는 바람, 바람 부는 봄,
작은 가지 흔들리는 부는 봄바람,
내 가슴 흔들리는 바람, 부는 봄,
봄이라 바람이라 이 내 몸에는
꽃이라 술잔이라 하며 우노라.

눈

새하얀 흰 눈, 가비얍게 밟을 눈,

재 같아서 날릴 듯 꺼질 듯한 눈,

바람엔 흩어져도 불길에야 녹을 눈.

계집의 마음. 님의 마음.

깊고 깊은 언약

몹쓸 꿈에 깨여 돌아누울 때
봄이 와서 멧나물 돋아나올 때
아름다운 젊은이 앞을 지날 때
잊어버렸던 듯이 저도 모르게,
얼결에 생각나는 '깊고 깊은 언약'

붉은 조수(潮水)

바람에 밀려드는 저 붉은 조수

저 붉은 조수가 밀어들 때마다

나는 저 바람 위에 올라서서

푸릇한 구름의 옷을 입고

불같은 저 해를 품에 안고

저 붉은 조수와 나는 함께

뛰놀고 싶구나, 저 붉은 조수와.

남의 나라 땅

돌아다 보이는 무쇠다리

얼결에 뛰어 건너서서

수그리고 발 놓은 남의 나라 땅.

천리만리 (千里萬里)

말리지 못할 만치 몸부림하며

마치 천리만리나 가고도 싶은

맘이라고나 하여 볼까.

한 줄기 쏜살같이 뻗은 이 길로

줄곧 치달아 올라가면

불붙는 산의, 불붙는 산의

연기는 한두 줄기 피어올라라.

생과 사

살았대나 죽었대나 같은 말을 가지고
사람은 살아서 늙어서야 죽나니,
그러하면 그 역시 그럴 듯도 한 일을,
하필코 내 몸이라 그 무엇이 어째서
오늘도 산마루에 올라서서 우느냐.

고기잡이(漁人)

헛된 줄 모르고나 살면 좋아도!

오늘도 저 너머 편 마을에서는

고기잡이 배 한 척 길 떠났다고.

작년에도 바닷놀이 무서웠건만.

귀뚜라미

산바람 소리.

찬비 듣는 소리.

그대가 세상 고락 말하는 날 밤에.

숯막집 불도 지고 귀뚜라미 울어라.

달빛(月色)

달빛은 밝고 귀뚜라미 울 때는
우둑히 시멋없이 잡고 섰던 그대를
생각하는 밤이여, 오오 오늘밤
그대 찾아 데리고 서울로 가나?

바다가 변하여 뽕나무밭 된다고

불운에 우는 그대여

불운에 우는 그대여, 나는 아노라

무엇이 그대의 불운을 지었는지도,

부는 바람에 날려,

밀물에 흘러,

굳어진 그대의 가슴속도,

모두 지나간 나의 일이면

다시금 또 다시금

적황의 포말을 북고여라, 그대의 가슴속의,

암청의 이끼여, 거칠은 바위

치는 물가의.

바다가 변하여 뽕나무밭 된다고

걷잡지 못할 만한 나의 이 설움,

저무는 봄 저녁에 져가는 꽃잎,

져가는 꽃잎들은 나부끼어라.

예로부터 일러 오며 하는 말에도

바다가 변하여 뽕나무밭 된다고.

그러하다, 아름다운 청춘의 때에

있다던 온갖 것은 눈에 설고

다시금 낯모르게 되나니,

보아라, 그대여, 서럽지 않은가,

봄에도 삼월의 져가는 날에

붉은 피같이도 쏟아져 내리는

저기 저 꽃잎들을, 저기 저 꽃잎들을.

맘에 있는 말이라고 다 할까 보냐

하소연하며 한숨을 지으며

세상을 괴로워하는 사람들이여!

말을 나쁘지 않도록 좋이 꾸밈은

닳아진 이 세상의 버릇이라고, 오오 그대를!

맘에 있는 말이라고 다 할까 보냐.

두세 번 생각하라, 우선 그것이

저부터 밑지고 들어가는 장사일진댄.

사는 법이 근심은 못 가른다고,

남의 설움을 남은 몰라라.

말 마라, 세상, 세상 사람은

세상의 좋은 이름 좋은 말로써

한 사람을 속옷마저 벗긴 뒤에는

그를 네길거리에 세워놓아라, 장승도 마치 한 가지.

이 무슨 일이냐, 그날로부터,

세상 사람들은 제가끔 제 비위의 헐한 값으로

그의 몸값을 매기자고 덤벼들어라.

오오 그러면, 그대들은 이후에라도

하늘을 우러르라, 그저 혼자, 섧거나, 괴롭거나.

황촉불

황촉불, 그저도 까맣게

스러져가는 푸른 창을 기대고

소리조차 없는 흰 밤에,

나는 혼자 거울에 얼굴을 묻고

뜻없이 생각없이 들여다보노라.

나는 이르노니, '우리 사람들

첫날밤은 꿈속으로 보내고

죽음은 조는 동안에 와서,

별(別) 좋은 일도 없이 스러지고 말어라.'

훗길

어버이님네들이 외우는 말이
'딸과 아들을 기르기는
훗길을 보자는 심성이로라.'
그러하다, 분명히 그네들도
두 어버이 틈에서 생겼어라.
그러나 그 무엇이냐, 우리 사람!
손들어 가르치던 먼 훗날에
그네들이 또다시 자라 커서
한결같이 외우는 말이
'훗길을 두고 가자는 심성으로
아들딸을 늙도록 기르노라.'

부부

오오 아내여, 나의 사랑!
하늘이 묶어준 짝이라고
믿고 살음이 마땅치 아니한가.
아직 다시 그러랴, 안 그러랴?
이상하고 별나운 사람의 맘.
저 몰라라, 참인지 거짓인지?
정분으로 얽은 딴 두 몸이라면,
서로 어그점인들 또 있으랴.
한평생이라도 반백 년
못 사는 이 인생에!
연분의 긴 실이 그 무엇이랴?
나는 말하려노라, 아무러나,
죽어서도 한곳에 묻히더라.

나의 집

들가에 떨어져 나가 앉은 멧기슭의

넓은 바다의 물가 뒤에,

나는 지으리, 나의 집을,

다시금 큰길을 앞에다 두고.

길로 지나가는 그 사람들은

제가끔 떨어져서 혼자 가는 길.

하이얀 여울턱에 날은 저물 때.

나는 문간에 서서 기다리리

새벽 새가 울며 지새는 그늘로

세상은 희게, 또는 고요하게,

번쩍이며 오는 아침부터,

지나가는 길손을 눈여겨보며,

그대인가고, 그대인가고.

새벽

낙엽이 발이 숨는 못물가에
우뚝우뚝한 나무 그림자
물빛조차 어슴푸레 떠오르는데,
나 혼자 섰노라, 아직도 아직도,
동녘 하늘은 어두운가.
천인(天人)에도 사랑 눈물, 구름 되어,
외로운 꿈의 베개, 흐렸는가
나의 님이여, 그러나 그러나,
고이도 불그스레 물질러와라.
하늘 밟고 저녁에 섰는 구름.
반달은 중천에 지새일 때.

구름

저기 저 구름을 잡아타면

붉게도 피로 물든 저 구름을,

밤이면 새카만 저 구름을.

잡아타고 내 몸은 저 멀리로

구만리 긴 하늘을 날아 건너

그대 잠든 품속에 안기렸더니,

애스러라, 그리는 못한대서,

그대여, 들으라 비가 되어

저 구름이 그대한테로 내리거든,

생각하라, 밤저녁, 내 눈물을.

여름의 달밤
(외 2편)

여름의 달밤

서늘하고 달 밝은 여름밤이여
구름조차 희미한 여름밤이여
그지없이 거룩한 하늘로서는
젊음의 붉은 이슬 젖어 내려라.

행복의 맘이 도는 높은 가지의
아슬아슬 그늘 잎새를
배불러 기어 도는 어린 벌레도
아아 모든 물결은 복받았어라.

뻗어 뻗어 오르는 가시덩굴도
희미하게 흐르는 푸른 달빛이
기름 같은 연기에 떡 감을러라.
아아 너무 좋아서 잠 못 들어라.

우긋한 풀대들은 춤을 추면서
갈잎들은 그윽한 노래 부를 때.
오오 내려 흔드는 달빛 가운데
나타나는 영원을 말로 새겨라.

자라는 물벼 이삭 벌에서 불고
마을로 은(銀) 숫듯이 오는 바람은
눅잣추는 향기를 두고 가는데
인가(人家)들은 잠들어 고요하여라.

하루 종일 일하신 아기 아버지
농부들도 편안히 잠들었어라.
영(嶺) 기슭의 어득한 그늘 속에선
쇠스랑과 호미뿐 빛이 피어라.

이윽고 식새리 우는 소리는
밤이 들어가면서 더욱 잦을 때
나락밭 가운데의 우물 물가에는
농녀(農女)의 그림자가 아직 있어라.

달빛은 그무리며 넓은 우주에
잃어졌다 나오는 푸른 별이요.
식새리의 울음의 넘는 곡조요.
아아 기쁨 가득한 여름밤이여.

삼간집에 불붙는 젊은 목숨의
정열에 목맺히는 우리 청춘은
서늘한 여름밤 잎새 아래의
희미한 달빛 속에 나부끼어라.

한때의 자랑 많은 우리들이여
농촌에서 지나는 여름보다도
여름의 달밤보다 더 좋은 것이
인간에 이 세상에 다시 있으랴.

조그만 괴로움도 내어버리고
고요한 가운데서 귀 기울이며
흰 달의 금물결에 노를 저어라
푸른 밤의 하늘로 목을 놓아라.

아아 찬양하여라 좋은 한때를
흘러가는 목숨을 많은 행복을.
여름의 어스레한 달밤 속에서
꿈같은 즐거움의 눈물 흘러라.

오는 봄

봄날이 오리라고 생각하면서
쓸쓸한 긴 겨울을 지나보내라.
오늘 보니 백양(白楊)의 버들 가지에
전에 없이 흰 새가 앉아 울어라.

그러나 눈이 깔린 두던 밑에는
그늘이냐 안개냐 아지랑이냐.
마을들은 곳곳이 움직임 없이
저편 하늘 아래서 평화롭건만.

새들게 지껄이는 까치의 무리.
바다를 바라보며 우는 까마귀.
어디로써 오는지 종경 소리는
젊은 아기 나가는 조곡(弔曲)일러라.

보라 때에 길손도 머뭇거리며
지향 없이 갈 발이 곳을 몰라라.
사무치는 눈물은 끝이 없어도
하늘을 쳐다보는 살음의 기쁨.

저마다 외로움의 깊은 근심이
오도 가도 못하는 망상거림에
오늘은 사람마다 님을 여의고
곳을 잡지 못하는 설움일러라.

오기를 기다리는 봄의 소리는
때로 여윈 손끝을 울릴지라도
수풀 밑에 서리운 머리카락들은
걸음 걸음 괴로이 발에 감겨라.

물마름

주으린 새무리는 마른 나무의
해지는 가지에서 재갈이던 때.
온종일 흐르던 물 그도 곤하여
놀지는 골짜기에 목이 메던 때.

그 누가 알았으랴 한쪽 구름도
걸려서 흐느끼는 외로운 영(嶺)을
숨차게 올라서는 여윈 길손이
달고 쓴맛이라면 다 겪은 줄을.

그곳이 어디더냐 남이 장군이
말 먹여 물 찌었던 푸른 강물이
지금에 다시 흘러 둑을 넘치는
천백리 두만강이 예서 백십리.

무산(茂山)의 큰 고개가 예가 아니냐.
누구나 예로부터 의(義)를 위하여
싸우다 못 이기면 몸을 숨겨서
한때의 못난이가 되는 법이라.

그 누가 생각하랴 삼백년래에
참아 받지 다 못할 한(恨)과 모욕을
못 이겨 칼을 잡고 일어섰다가
인력의 다함에서 쓰러진 줄을.

부러진 대쪽으로 활을 메우고
녹 슬은 호미쇠로 칼을 별러서
도독된 삼천리에 북을 울리며
정의의 기(旗)를 들던 그 사람이여.

그 누가 기억하랴 다북동(多北洞)에서

피 물든 옷을 입고 외치던 일을

정주성(定州城) 하룻밤의 지는 달빛에

애끓진 그 가슴이 숯기 된 줄을.

물 위의 뜬 마름에 아침 이슬을

불붙는 산마루에 피었던 꽃을

지금에 우러르며 나는 우노라

이루며 못 이룸에 박한 이름을.

바리운 몸

바리운 몸

꿈에 울고 일어나
들에
나와라.

들에는 소슬비
머구리는 울어라.
풀 그늘 어두운데

뒷짐 지고 땅 보며 머뭇거릴 때.

누가 반딧불 쬐어드는 수풀 속에서
'간다 잘 살어라'하며, 노래 불러라.

우리 집

이바루
외따로 와 지나는 사람 없으니
'밤 자고 가자'하며 나는 앉어라.

저 멀리, 하늘 편에
배는 떠나나가는
노래 들리며

눈물은
흘러내려라
스르르 내려감는 눈에.

꿈에도 생시에도 눈에 선한 우리 집
또 저 산 넘어 넘어
구름은 가라.

들 돌 이

들꽃은

피어

흩어졌어라.

들풀은

들로 한 벌 가득히 자라 높았는데,

뱀의 헐벗은 묵은 옷은

길 분전(分傳)의 바람에 날아돌아라.

저 보아, 곳곳이 모든 것은

번쩍이며 살아 있어라.

두 나래 펼쳐 떨며

소리개도 높이 떴어라.

때에 이 내 몸

가다가 또다시 쉬기도 하며,

숨에 찬 내 가슴은

기쁨으로 채워져 사뭇 넘쳐라.

걸음은 다시금 또 더 앞으로……

바라건대는 우리에게
우리의 보습 대일 땅이 있었더면

나는 꿈을 꾸었노라, 동무들과 내가 가지런히
벌가의 하루 일을 다 마치고
석양에 마을로 돌아오는 꿈을,
즐거이, 꿈 가운데.

그러나 집 잃은 내 몸이여,
바라건대는 우리에게 우리의 보습 대일 땅이 있었더면!
이처럼 떠돌으랴, 아침에 저물손에
새라 새로운 탄식을 얻으면서.

동이랴, 남북이랴,
내 몸은 떠가나니, 볼지어다.
희망의 반짝임은, 별빛이 아득함은,
물결뿐 떠올라라, 가슴에 팔다리에.

그러나 어쩌면 황송한 이 심정을! 날로 나날이 내 앞에는

자칫 가느다란 길이 이어가라. 나는 나아가리라.

한 걸음, 또 한 걸음. 보이는 산비탈엔

온 새벽 동무들, 저 저 혼자…… 산경(山耕)을 김매이는.

밭고랑 위에서

우리 두 사람은

키 높이 가득 자란 보리밭, 밭고랑 위에 앉았어라.

일을 마치고 쉬는 동안의 기쁨이여.

지금 두 사람의 이야기에는 꽃이 필 때.

오오 빛나는 태양은 내려 쪼이며

새무리들도 즐거운 노래, 노래 불러라.

오오 은혜여, 살아 있는 몸에는 넘치는 은혜여,

모든 은근스러움이 우리의 맘속을 차지하여라.

세계의 끝은 어디? 자애의 하늘은 넓게도 덮였는데,

우리 두 사람은 일하며, 살아 있었어.

하늘과 태양을 바라보아라, 날마다 날마다도,

새라 새로운 환희를 지어내며, 늘 같은 땅 위에서.

다시 한 번 활기 있게 웃고 나서, 우리 두 사람은

바람에 일리우는 보리밭 속으로

호미 들고 들어갔어라, 가지런히 가지런히,

걸어 나아가는 기쁨이여, 오오 생명의 향상이여.

저녁때

마소의 무리와 사람들은 돌아들고, 적적히 빈 들에,
엉머구리 소리 우거져라.
푸른 하늘은 더욱 낮추, 먼 산 비탈길 어둔데
우뚝우뚝한 드높은 나무, 잘 새도 깃들어라.

볼수록 넓은 벌의
물빛을 물끄러미 들여다보며
고개 수그리고 박은 듯이 홀로 서서
긴 한숨을 짓느냐. 왜 이다지!

온 것을 아주 잊었어라, 깊은 밤 예서 함께
몸이 생각에 가볍고, 맘이 더 높이 떠오를 때
문득, 멀지 않은 갈숲 새로
별빛이 솟구어라.

합장

나들이. 단 두 몸이라. 밤빛은 배어와라.
아, 이거 봐, 우거진 나무 아래로 달 들어라.
우리는 말하며 걸었어라, 바람은 부는 대로.

등불 빛에 거리는 혜적여라, 희미한 하늘 편에
고이 밝은 그림자 아득하고
픽도 가까운, 풀밭에서 이슬이 번쩍여라.

밤은 막 깊어, 사방은 고요한데,
이마적, 말도 안하고, 더 안가고,
길가에 우뚝하니. 눈감고 마주 서서.

먼먼 산. 산 절의 절 종소리. 달빛은 지새어라

묵념

이슥한 밤, 밤기운 서늘할 제
홀로 창턱에 걸어앉아, 두 다리 늘이우고,
첫 머구리 소리를 들어라.
애처롭게도, 그대는 먼저 혼자서 잠드누나.

내 몸은 생각에 잠잠할 때. 희미한 수풀로서
촌가의 액막이 제지내는 불빛은 새어오며,
이윽고, 비난수도 머구 소리와 함께 잦아져라.
가득히 차오는 내 심령은…… 하늘과 땅 사이에.

나는 무심히 일어 걸어 그대의 잠든 몸 위에 기대어라
움직임 다시없이, 만뢰(萬籟)는 구적(俱寂)한데,
조요(照耀)히 내려 비추는 별빛들이
내 몸을 이끌어라, 무한히 더 가깝게.

엄숙

나는 혼자 뫼 위에 올랐어라.

솟아 퍼지는 아침 햇빛에

풀잎도 번쩍이며

바람은 속삭여라.

그러나

아아 내 몸의 상처받은 맘이여

맘은 오히려 저리고 아픔에 고요히 떨려라.

또 다시금 나는 이 한때에

사람에게 있는 엄숙을 모두 느끼면서.

고독

열락(悅樂)

어둡게 깊게 목메인 하늘.

꿈의 품속으로서 굴러 나오는

애달피 잠 안 오는 유령의 눈결.

그림자 검은 개버드나무에

쏟아져 내리는 비의 줄기는

흐느껴 비끼는 주문의 소리.

시커먼 머리채 풀어헤치고

아우성하면서 가시는 따님.

헐벗은 벌레들은 꿈틀일 때,

흑혈(黑血)의 바다. 고목(枯木) 동굴.

탁목조(啄木鳥)의

쪼아리는 소리, 쪼아리는 소리.

비난수하는 맘

함께하려 노라, 비난수하는 나의 맘,

모든 것을 한 짐에 묶어가지고 가기까지,

아침이면 이슬 맞은 바위의 붉은 줄로,

기어오르는 해를 바라다보며, 입을 벌리고.

떠돌아라, 비난수하는 맘이여, 갈매기같이,

다만 무덤뿐이 그늘을 어른거리는 하늘 위를,

바닷가의. 잃어버린 세상의 있다던 모든 것들은

차라리 내 몸이 죽어가서 없어진 것만도 못하건만.

또는 비난수하는 나의 맘, 헐벗은 산 위에서,

떨어진 잎 타서 오르는, 냇내의 한줄기로,

바람에 나부끼라 저녁은, 흩어진 거미줄의

밤에 맺혔던 이슬은 곧 다시 떨어진다고 할지라도.

함께하려 하노라, 오오 비난수하는 나의 맘이여,

있다가 없어지는 세상에는

오직 날과 날이 닭소리와 함께 달아나버리며,

가까웁는, 오오 가까웁는 그대뿐이 내게 있거라!

찬 저녁

퍼르스럿한 달은, 성황당의
데군데군 헐어진 담 모도리에
우둑히 걸리었고, 바위 위의
까마귀 한 쌍, 바람에 나래를 펴라.

엉기한 무덤들은 들먹거리며,
눈 녹아 황토 드러난 멧기슭의,
여기라, 거리 불빛도 떨어져 나와
집 짓고 들었노라, 오오 가슴이여.

세상은 무덤보다도 다시 멀고
눈물은 물보다 더 더움이 없어라.
오오 가슴이여, 모닥불 피어오르는
내 한세상, 마당가의 가을도 갔어라.

그러나 나는, 오히려 나는

소리를 들어라, 눈석이물이 씨거리는

땅 위에 누워서, 밤마다 누워,

담 모도리에 걸린 달을 내가 또 봄으로,

초혼

산산이 부서진 이름이여!
허공중에 헤어진 이름이여!
불러도 주인 없는 이름이여!
부르다가 내가 죽을 이름이여!

심중에 남아 있는 말 한 마디는
끝끝내 마저 하지 못하였구나.
사랑하던 그 사람이여!
사랑하던 그 사람이여!

붉은 해는 서산마루에 걸리었다.
사슴의 무리도 슬피 운다.
떨어져나가 앉은 산 위에서
나는 그대의 이름을 부르노라.

설움에 겹도록 부르노라.

설움에 겹도록 부르노라.

부르는 소리는 비껴가지만

하늘과 땅 사이가 너무 넓구나.

선 채로 이 자리에 돌이 되어도

부르다가 내가 죽을 이름이여!

사랑하던 그 사람이여!

사랑하던 그 사람이여!

무덤

그 누가 나를 헤내는 부르는 소리

불그스름한 언덕, 여기저기

돌무더기도 움직이며, 달빛에,

소리만 남은 노래 서러워 엉겨라,

옛 조상들의 기록을 묻어둔 그곳!

나는 두루 찾노라, 그곳에서,

형적 없는 노래 흘러 퍼져,

그림자 가득한 언덕으로 여기저기,

그 누구가 나를 헤내는 부르는 소리

부르는 소리, 부르는 소리,

내 넋을 잡아끌어 헤내는 부르는 소리.

여수
(旅愁)

여수 1

유월 어스름 때의 빗줄기는
암황색의 시골(屍骨)을 묶어세운 듯,
뜨며 흐르며 잠기는 손의 널쪽은
지향도 없어라, 단청의 홍문(紅門)!

여수 2

저 오늘도 그리운 바다,
건너다보자니 눈물겨워라!
조그마한 보드라운 그 옛적 심정의
분결 같은 그대의 손의
사시나무보다도 더한 아픔이
내 몸을 에워싸고 휘떨며 찔러라,
나서 자란 고향의 해 돋는 바다요.

진달래꽃

길

어제도 하룻밤

나그네 집에

까마귀 가왁가왁 울며 새었소.

오늘은

또 몇십 리

어디로 갈까.

산으로 올라갈까

들로 갈까

오라는 곳이 없어 나는 못 가오.

말 마소, 내 집도

정주(定州) 곽산(郭山)

차 가고 배 가는 곳이라오.

여보소, 공중에

저 기러기

공중엔 길 있어서 잘 가는가?

여보소, 공중에

저 기러기

열십자 복판에 내가 섰소.

갈래갈래 갈린 길

길이라도

내게 바이 갈 길은 하나 없소.

개여울의 노래

그대가 바람으로 생겨났으면!
달 돋는 개여울의 빈 들 속에서
내 옷의 앞자락을 불기나 하지.

우리가 굼벵이로 생겨났으면!
비 오는 저녁 캄캄한 영(嶺) 기슭의
미욱한 꿈이나 꾸어를 보지.

만일에 그대가 바다 난 끝의
벼랑에 돌로나 생겨났다면,
둘이 안고 굴며 떨어나지지.

만일에 나의 몸이 불귀신이면
그대의 가슴속을 밤 도아 태와
둘이 함께 재 되어 스러지지.

개 여 울

당신은 무슨 일로

그리합니까?

홀로이 개여울에 주저앉아서

파릇한 풀포기가

돋아나오고

잔물은 봄바람에 헤적일 때에

가도 아주 가지는

않노라시던

그러한 약속이 있었겠지요.

날마다 개여울에

나와 앉아서

하염없이 무엇을 생각합니다.

가도 아주 가지는

않노라심은

굳이 잊지 말라는 부탁인지요.

가는 길

그립다
말을 할까
하니 그리워

그냥 갈까
그래도
다시 더 한 번……

저 산에도 까마귀, 들에 까마귀,
서산에는 해진다고
지저귑니다.

앞 강물, 뒷 강물,
흐르는 물은
어서 따라오라고 따라가자고
흘러도 연달아 흐릅디다려.

왕십리

비가 온다
오누나
오는 비는
올지라도 한 닷새만 왔으면 좋지.

여드레 스무날엔
온다고 하고
초하루 삭망이면 간다고 했지.
가도 가도 왕십리 비가 오네.

웬걸, 저 새야
울랴거든
왕십리 건너가서 울어나다고,
비 맞아 나른해서 벌새가 운다.

천안에 삼거리 실버들도

촉촉이 젖어서 늘어졌다네.

비가 와도 한 닷새만 왔으면 좋지.

구름도 산마루에 걸려서 운다.

원앙침

바드득 이를 갈고
죽어볼까요.
창가에 아롱아롱
달이 비친다.

눈물은 새우잠의
팔굽 베게요.
봄꿩은 잠이 없어
밤에 와 운다.

두동달이베개는
어디 갔는고.
언제는 둘이 자던 베갯머리에
'죽자 사자' 언약도 하여 보았지.

봄메의 멧기슭에

우는 접동도

내 사랑 내 사랑

좋이 울것다.

두동달이베개는

어디 갔는고

창가에 아롱아롱

달이 비친다.

무심(無心)

시집와서 삼 년
오는 봄은
거친 벌 난벌에 왔습니다.

거친 벌 난벌에 피는 꽃은
졌다가도 피노라 이릅디다.
소식 없이 기다린
이태 삼 년

바로 가던 앞강이 간 봄부터
굽어 돌아 휘돌아 흐른다고
그러나 말 마소, 앞 여울의
물빛은 예대로 푸르렀소.

시집와서 삼 년
어느 때나
터진 개 개여울의 여울물은
거친 벌 난벌에 흘렀습니다.

산

산새도 오리나무
위에서 운다
산새는 왜 우노 시메산골
영(嶺) 넘어 가려고 그래서 울지.

눈은 내리네, 와서 덮이네.
오늘도 하룻길
칠팔십 리
돌아서서 육십 리는 가기도 했소.

불귀불귀 다시 불귀
삼수갑산에 다시 불귀.
사나이 속이라 잊으련만,
십오 년 정분을 못 잊겠네.

산에는 오는 눈, 들에는 녹는 눈.

산새도 오리나무

위에서 운다.

삼수갑산 가는 길은 고개의 길.

진달래꽃

나 보기가 역겨워

가실 때에는

말없이 고이 보내 드리오리다.

영변에 약산

진달래꽃,

아름 따다 가실 길에 뿌리오리다.

가시는 걸음걸음

놓인 그 꽃을

사뿐히 즈려 밟고 가시옵소서.

나 보기가 역겨워

가실 때에는

죽어도 아니 눈물 흘리오리다.

삭주구성(朔州龜城)

물로 사흘 배 사흘
먼 삼천 리
더더구나 걸어 넘는 먼 삼천 리
삭주구성은 산을 넘은 육천 리요.

물 맞아 함빡이 젖은 제비도
가다가 비에 걸려 오노랍니다.
저녁에는 높은 산
밤에 높은 산

삭주구성은 산 넘어
먼 육천 리
가끔가끔 꿈에는 사오천 리
가다오다 돌아오는 길이겠지요.

서로 떠난 몸이기에 몸이 그리워
님을 둔 곳이기에 곳이 그리워
못 보았소. 새들도 집이 그리워
남북으로 오며가며 아니합디까.

들 끝에 날아가는 나는 구름은
밤쯤은 어디 바로 가 있을 텐고
삭주구성은 산 넘어
먼 육천 리

널

성촌(城村)의 아가씨들
널 뛰노나
초파일날이라고
널을 뛰지요.

바람 불어요
바람이 분다고!
담 안에는 수양의 버드나무
채색 줄 층층 그네 매지를 말아요.

담밖에는 수양의 늘어진 가지
늘어진 가지는
오오 누나!
휘젓이 늘어져서 그늘이 깊소.

좋다 봄날은

몸에 겹지

널뛰는 성촌의 아가씨네들

널은 사랑의 버릇이라오.

춘향과 이도령

평양에 대동강은
우리나라에
곱기로 으뜸가는 가람이지요.

삼천리 가다가다 한가운데는
우뚝한 삼각산이
솟기도 했소.

그래 옳소 내 누님, 오오 누이님
우리나라 섬기던 한 옛적에는
춘향과 이도령도 살았다지요.

이편에는 함양, 저편에는 담양,
꿈에는 가끔가끔 산을 넘어
오작교 찾아 찾아가기도 했소.

그래 옳소 누이님 오오 내 누님

해 돋고 달 돋아 남원 땅에는

성춘향 아가씨가 살았다지요.

접동새

접동

접동

아우래비 접동

진두강 가람가에 살던 누나는

진두강 앞마을에

와서 웁니다.

옛날, 우리나라

먼 뒤쪽의

진두강 가람가에 살던 누나는

의붓어미 시샘에 죽었습니다.

누나라고 불러보랴

오오 불설워

시새움에 몸이 죽은 우리 누나는

죽어서 접동새가 되었습니다.

아홉이나 남아 되던 오랩동생을

죽어서도 못 잊어 차마 못 잊어

야삼경 남 다 자는 밤이 깊으면

이 산 저 산 옮아가며 슬피 웁니다.

집 생각

산에나 올라서서
바다를 보라
사면에 백열 리, 창파 중에
객선만 둥둥…… 떠나간다.

명산대찰이 그 어디메냐.
향안(香案), 향합(香盒), 대그릇에,
석양이 산머리 넘어가고
사면에 백열 리, 물소리라.

'젊어서 꽃 같은 오늘날로
금의로 환고향하옵소사.'
객선(客船)만 둥둥…… 떠나간다.
사면에 백열 리, 나 어찌 갈까.

까투리도 산속에 새끼치고
타관만리에 와 있노라고
산중만 바라보며 목메인다.
눈물이 앞을 가리운다고.

들에나 내려오면
쳐다보라
해님과 달님이 넘나든 고개
구름만 첩첩…… 떠돌아간다.

산유화

산에는 꽃 피네

꽃이 피네

갈 봄 여름 없이

꽃이 피네

산에

산에

피는 꽃은

저만치 혼자서 피어 있네

산에서 우는 작은 새여

꽃이 좋아

산에서

사노라네

산에는 꽃 지네

꽃이 지네

갈 봄 여름 없이

꽃이 지네

꽃촛불 켜는 밤

꽃촛불 켜는 밤

꽃촛불 켜는 밤, 깊은 골방에 만나라.

아직 젊어 모를 몸, 그래도 그들은

'해달 같이 밝은 맘, 저저마다 있노라.'

그러나 사랑은 한두 번만 아니라, 그들은 모르고.

꽃촛불 켜는 밤, 어스러한 창 아래 만나라.

아직 앞길 모를 몸, 그래도 그들은

'솔대 같이 굳은 맘, 저저마다 있노라.'

그러나 세상은, 눈물 날 일 많아라, 그들은 모르고.

부귀공명

거울 들어 마주 온 내 얼굴을

좀 더 미리부터 알았던들

늙는 날 죽는 날을

사람은 다 모르고 사는 탓에

오오 오직 이것이 참이라면

그러나 내 세상이 어디인지?

지금부터 두여덟 좋은 연광(年光)

다시 와서 내게도 있을 말로

전보다 좀 더 전보다 좀 더

살음즉이 살련지 모르련만

거울 들어 마주 온 내 얼굴을

좀 더 미리부터 알았던들!

추회(追悔)

나쁜 일까지라도 생의 노력,

그 사람은 선사도 하였어라

그러나 그것도 허사라고!

나 역시 알지마는, 우리들은

끝끝내 고개를 넘고 넘어

짐 싣고 닫던 말도 순막집의

허청(虛廳)가, 석양 손에

고요히 조으는 한때는 다 있나니.

고요히 조으는 한때는 다 있나니.

무신(無信)

그대가 돌이켜 물을 줄도 내가 아노라,
'무엇이 무신함이 있더냐?'하고
그러나 무엇 하랴 오늘날은
야속히도 당장에 우리 눈으로
볼 수 없는 그것을, 물과 같이
흘러가서 없어진 맘이라고 하면.

검은 구름은 멧기슭에서 어정거리며,
애처롭게도 우는 산의 사슴이
내 품에 속속들이 붙안기는 듯.
그러나 밀물도 쎄이고 밤은 어두워
닻 주었던 자리는 알 길이 없어라.
시정(市井)의 흥정 일은
외상으로 주고받기도 하건마는.

사노라면 사람은 죽는 것을

하루라도 몇 번씩 내 생각은

내가 무엇하려고 살려는지?

모르고 살았노라, 그럴 말로

그러나 흐르는 저 냇물이

흘러가서 바다로 든댈진댄

일로조차 그러면, 이 내 몸은

애쓴다고는 말부터 잊으리라.

사노라면 사람은 죽는 것을

그러나, 다시 내 몸,

봄빛의 불붙는 사태흙에

집 짓는 저 개아미

나도 살려 하노라, 그와 같이

사는 날 그날까지

살음에 즐거워서

사는 것이 사람의 본뜻이면

오오 그러면 내 몸에는

다시는 애쓸 일도 더 없어라

사노라면 사람은 죽는 것을.

하다못해 죽어 달려가 올라

아주 나는 바랄 것 더 없노라
빛이랴 허공이랴,
소리만 남은 내 노래를
바람에나 띄워서 보낼밖에.
하다못해 죽어 달려가 올라
좀 더 높은 데서나 보았으면!

한세상 다 살아도
살은 뒤 없을 것을,
내가 다 아노라 지금까지
살아서 이만큼 자랐으니.
예전에 지나본 모든 일을
살았다고 이를 수 있을진댄!

물가의 닳아져 널린 굴꺼풀에

붉은 가시덤불 뻗어 늙고

어득어득 저문 날을

비바람에 울지는 돌무더기

하다못해 죽어 달려가 올라

밤의 고요한 때라도 지켰으면!

희망

날은 저물고 눈이 나려라
낯설은 물가으로 내가 왔을 때
산속의 올빼미 울고 울며
떨어진 잎들은 눈 아래로 깔려라.

아아 숙살스러운 풍경이여
지혜의 눈물을 내가 얻을 때!
이제금 알기는 알았건마는!
이 세상 모든 것을
한갓 아름다운 눈어림의
그림자뿐인 줄을.

이울어 향기 깊은 가을밤에
우무주러진 나무 그림자
바람과 비가 우는 낙엽 위에.

전망

부영한 하늘, 날도 채 밝지 않았는데,
흰 눈이 우멍구멍 쌓인 새벽,
저 남쪽 물가 위에
이상한 구름은 층층대 떠올라라.

마을 아기는
무리 지어 서재로 올라들 가고,
시집살이하는 젊은이들은
가끔가끔 우물길 나들어라.

소삭(蕭索)한 난간 위를 거닐으며
내가 볼 때 온 아침, 내 가슴의,
좁혀 옮긴 그림장(張)이 한 옆을,
한갓 더운 눈물로 어룽지게.

어깨 위에 총 메인 사냥바치

반백의 머리털에 바람 불며

한 번 달음박질. 올 길 다 왔어라.

흰 눈이 만산편야(滿山遍野)에 쌓인 아침.

나는 세상모르고 살았노라

'가고 오지 못한다'는 말을
철없던 내 귀로 들었노라.
만수산을 나서서
옛날에 갈라선 그 내 님도
오늘날 뵈올 수 있었으면

나는 세상모르고 살았노라.
고락에 겨운 입술로는
같은 말도 조금 더 영리하게
말하게도 지금은 되었건만
오히려 세상모르고 살았으면

'돌아서면 무심타'는 말이
그 무슨 뜻인 줄을 알았으랴.
제석산 붙는 불은 옛날에 갈라선 그 내 님의
무덤에 풀이라도 태웠으면!

꿈길

물 구슬의 봄 새벽 아득한 길
하늘이며 들 사이에 넓은 숲
젖은 향기 불긋한 잎 위의 길
실그물의 바람 비쳐 젖은 숲
나는 걸어가노라 이러한 길
밤저녁의 그늘진 그대의 꿈
흔들리는 다리 위 무지개 길
바람조차 가을 봄 걷히는 꿈

금잔디

금잔디

잔디
잔디
금잔디
심심산천에 붙은 불은
가신 님 무덤가에 금잔디
봄이 왔네, 봄빛이 왔네.
버드나무 끝에도 실가지에
봄빛이 왔네, 봄날이 왔네.
심심산천에도 금잔디에.

강촌

날 저물고 돋는 달에

흰 물은 쏼쏼……

금모래 반짝…….

청(靑)노새 몰고 가는 낭군!

여기는 강촌

강촌에 내 몸은 홀로 사네.

말하자면, 나도 나도

늦은 봄 오늘이 다 진(盡)토록

백년처권(百年妻眷)을 울고 가네.

길세 저문 나는 선비,

당신은 강촌에 홀로된 몸.

첫 치마

봄은 가나니 저문 날에,

꽃은 지나니 저문 봄에,

속없이 우나니, 지는 꽃을,

속없이 느끼나니 가는 봄을.

꽃 지고 잎 진 가지를 잡고

미친 듯 우나니, 집난이는

해 다 지고 저문 봄에

허리에도 감은 첫 치마를 눈물로 함빡 쥐어짜며

속없이 우노나 지는 꽃을,

속없이 느끼노나, 가는 봄을

달맞이

정월 대보름날 달맞이,
달맞이 달마중을, 가자고!
새라 새 옷은 갈아입고도
가슴엔 묵은 설움 그대로,
달맞이 달마중을, 가자고!
달마중 가자고 이웃집들!
산 위에 수면에 달 솟을 때,
돌아들 가자고, 이웃집들!
모작별 삼성이 떨어질 때.
달맞이 달마중을 가자고!
다니던 옛 동무 무덤가에
정월 대보름날 달맞이!

엄마야 누나야

엄마야 누나야 강변 살자.

뜰에는 반짝이는 금모랫빛

뒷문 밖에는 갈잎의 노래

엄마야 누나야 강변 살자.

닭은 꼬끼오

닭은 꼬끼오

닭은 꼬끼오, 꼬끼오 울 제
헛잡으니 두 팔은 밀려났네.
애도 타리만치 기나긴 밤은……
꿈 깨친 뒤엔 감도록 잠 아니 오네.

위에는 청초 언덕, 곳은 깁섬
엊저녁 대인 남포 뱃간.
몸을 잡고 뒤재며 누웠으면
솜솜하게도 감도록 그리워오네.

아무리 보아도
밝은 등불, 어스렷한데.
감으면 눈 속엔 흰 모래밭
모래에 어린 안개는 물 위에 슬 제
대동강 뱃나루에 해 돋아오네.

World Classic Poem Writing Book **02**

필사의 힘

김소월처럼 【진달래꽃】 따라쓰기

초판 1쇄 펴낸 날 2023년 10월 30일

원 작 김소월
펴 낸 이 장영재
펴 낸 곳 (주)미르북컴퍼니
전 화 02)3141-4421
팩 스 0505-333-4428
등 록 2012년 3월 16일(제313-2012-81호)
주 소 서울시 마포구 성미산로32길 12, 2층 (우 03983)
E-mail sanhonjinju@naver.com
카 페 cafe.naver.com/mirbookcompany
S N S instagram.com/mirbooks